серия *tip top street*

русская литература в Америке

*Жизнь, не описанная поэтически, не стоит того,
чтобы ее жить*

– не отрывая пера,
опишу этот день и забуду.

Это конец одного стихотворения Кати Капович. В целом «Встреча в Иерусалиме» исполнена, как танец, где одно выразительное движение плавно («не отрывая пера») переходит в другое, пока не кончается неожиданным то ли прыжком, то ли просто падением – «и забуду».
По поводу стихов этого поэта мне припоминается давний случай, когда в городе, где я родился и жил, гремела слава молодого Михаила Барышникова в «Жизели». Одному моему другу отказала в любви девушка, потому что на глубоко волновавший ее вопрос: «Почему Барышников во втором акте каждый раз падает в другом месте сцены?» – мой друг неосторожно ответил: «А где его застанет конец музыки, там он и грохнется». Отвергнутый балетоманкой мой друг пошел завивать горе веревочкой и, надо же, той же ночью в ресторане неожиданно увидел Барышникова! Он подошел к танцору и попросил рассудить: прав он был или виноват. «Конечно, вы правы, – сказал Барышников, – где меня застанет конец музыки, там я и грохаюсь». И добавил: «Только все дело в том, как грохнуться».
Все дело в том, как описывается жизни непрерывным пером. В этом смысле такие стихи, как, например, «Встреча в Иерусалиме» – образец поэтической дисциплины.
«Музыке не важен адресат», – пишет Катя Капович в другом стихотворении. Музыке важно лишь одно – чтобы ее исполняли не фальшивя. Но фальшивых нот читатель стихов Кати Капович не услышит. Читатель услышит сильный и красивый в лучших вещах, может быть, немного сбивчивый в экспериментальных, но всегда свой голос настоящего большого поэта.

Лев Лосев (текст приведен в сокращении)

Катя Капович

Приглашение на острова

Littera Publishing LLC

* * *

Я родилась, когда мне было три,
нашедши краба под приморским камнем.
Он мёртвый был, смотрели изнутри
его глаза с холодным пониманьем.

Я думала, он снова оживёт
и полила его водой из лейки,
но панцирь, как спасательный жилет,
оранжевым блеснув, померк навеки.

Трусы в намокшей тине, вьётся гнус,
в песке моя остриженная репа.
Я буду жить, и я не оглянусь
туда, где он лежит и смотрит в небо.

* * *

У весны над правым косогором
кто-то змея водит на струне,
а на левом я стою со взором –
всё равно, мол, мне.

Но взлетит бумажный змей – и вспомню,
что сегодня хлюпала капель,
что подснежник выбежал в исподнем,
а вверху – такая акварель!

Вот бы горе отпустить туда же,
в синие большие небеса,
в детство наше, в обещанья наши
возвратиться через полчаса.

* * *

Основное событие жизни –
свет…
Среди лужи зеркальной, на выезде –
драндулет.

В синей луже, большой, как лагуна,
он стоит, как корабль,
поломалась форсунка, фортуна
отвернулась. Сентябрь.

Как такой ни запомнить картинки –
лужа, очередь за «мерзляком»,
и стоит драндулет на развилке
с мертвецом.

Потому ли, что я с той заставы,
где нет слова «навек»,
так увижу я свет… Боже правый,
полетел человек.

* * *

Бывают дни такие – со спины
похожи на другие без разбора,
там не пекут нам сладкие блины,
сдвигая теста сахарные горы.

Там слушаешь постели на краю,
как что-то говорят, и всё там – жесты,
там что-то говорят – и, как в раю,
там что-то говорят – и сердцу тесно.

И ничего такого вроде б там,
не связано с любовью общим смыслом,
но веришь лишь одним этим словам
и этим лишь губам сухим и быстрым.

Каток

Он вспоминается в свете всех вьюг
белый катка центробежного круг
центростремительным после глотка
ночи трёхзвёздочного коньяка.

Так вечерами по кругу плывёшь,
словно алмазной иголкой ведёшь
по зарифлённой пластинке воды.
Что остаётся? Следы, брат, следы.

Что, оглянувшись, увидишь давно?
Что за пределами круга темно,
все бегуны убежали домой
по центробежной под снежной каймой.

* * *

Средь стеклянной коробки в ожиданьи трамвая
ты роняла, роняла спички и проездной свой
и, движеньем неловким снова их поднимая,
поднимала и тем проявляла геройство.

Снег струился с лица, ты лицо утирала,
мокрый заячий мех воротника поднимала.
Оглянись, всё прекрасно, спокойно в тех далях –
люди едут в трамваях, люди едут в трамваях.

Люди едут в трамваях, и зелёные окна,
уронив в мокрый снег свои ромбы косые,
возвратясь, возвращают им поочередно
то намокшие спички, а то проездные.

* * *

Когда я вожусь в огороде, реальный пиндос,
как все в этой в общем-то малокультурной стране,
в осеннюю пору ко мне заявляется Фрост
в серьёзно истлевшем своём шерстяном шушуне.

Явленье, дрожание воздуха, зыбкая тень
на вскопанной грядке, где вовсе не место гостям,
ко мне заявляется Фрост, это – не дребедень,
когда в амфимбрахии Фрост обращается к вам.

Буть доброй, поэт, к слизнякам, червякам дождевым,
имей сострадание в сердце к простому зверью,
работай лопатой, окучивай, выброси нимб
и синюю бездну навеки добавь к словарю.

* * *

Продувная подсобка к заводу спиной,
в чьём окне по-простецки ты машешь метлой,
упирается взглядом в большой продуктовый
магазин с безголовой едой ледниковой.
Рыба хек, сорок восемь копеек кг.
Пароход поднимается вверх по реке,
на который не сесть, не уехать туда,
где берёзовый лес и большая вода.
Но зато, как уляжется длинная пыль
(ты её не буди в сентябре-октябре),
там выходит директор и автомобиль
он заводит в крысином дворе.
И отсюда понятие правды у нас –
не как общего дела на общих правах,
а как свойства спины разгибаться на раз
в этих голых дворах.

Космополит

Когда идёт по улице пехота,
вернувшаяся с маленькой войны,
и теплятся глаза у патриота
слезою умиленья без вины,

тогда стою с закушенной губою
и долго не могу согнать с лица
усмешку, по наследственной кривую,
подсмотренную в детстве у отца.

Так до него, разумный обыватель,
мой дед высокомерно морщил нос,
когда его по среднерусской карте
тащил тифозный паровоз.

Там конвоир входил в вагон зелёный,
наган с оттяжкой приставлял к виску
профессора истории, шпиона
английского. Там длинный лес в снегу.

Высокий лоб, холодный взгляд эстета.
Я чётко вижу, как он умирал:
зевнул, протёр очки куском газеты
и долго на нос надевал.

* * *

В галактике другое солнце есть,
и мы на нём однажды побывали,
вставали в шесть на совесть и на честь
и разбирали солнце на детали.

Единодушно уважали спорт
и рядового техника-монтёра,
мы из избы не выносили сор,
как будто знали, из какого сора

в семье и дома, в тьме разящих лет
однажды вспомним, как всё это было,
когда мы дружно уважали свет
и сора из избы не выносили.

* * *

С. Гандлевскому

Эх, над низенькими крышами –
до-ре-ми-фа-соль,
над дворцами и над хижинами –
звёздная фасоль.

Жизнь играет, вертится и крутится
курицей на вертеле,
все пройдёт, лишь будет улица
ночь, каёмка на стекле.

Только звёзды многоцветные
много, много лет.
Только в сердце – мысль конкретная,
что – одна звезда заветная,
а другой и нет.

* * *

По январской набережной тёмной,
там, где от воды было светло,
я брела, как кто-то незнакомый,
собственно, не зная, для чего.

Бормотала вслух стихотворенье
в направленье серых облаков,
лёд трещал немного в отдаленьи,
рассыпалась горстка огоньков.

Не из ряда вон какое дело
и стихи не средство от беды,
померещилось и пролетело,
ты идёшь себе, ну и иди.

* * *

Филиппу

Как долго собирались, выходили,
букет, конечно, дома забывали,
как ссорились, как в зеркало смотрели,
вернувшись за букетом, как молчали.
Как по дороге ты уткнулся в книгу,
как запропала с адресом бумажка,
как в зеркальце шофер косился дико
на психов, как свистела неотложка.
Мотал кварталы тьмы зелёный счётчик,
звенел в стекле серебряный бубенчик.

Один на свете ты поймёшь мой почерк
с его избытком русских поперечин.

* * *

На крыльце областного
овощного сырого
магазина старуха
лист капустный нашла.
Сигарета потухла,
и дождя оплеуха
с подбородка текла.

Уходя, оглянуться
на морковь и картофель,
кликнуть мышь и спасутся
эти грузчики в профиль
и старуха с железной
коронкой во рту –
там, где в памяти тесно,
как в капустном ряду.

* * *

В тетради я рисую виселицу
и вешаю по одному:
сначала школьную учительницу,
потом огромную страну.

Страну невыносимой тяжести,
учительницу мёртвых фраз,
и пусть гуляет к общей радости
моя тетрадка напоказ.

А я за все свои художества
из класса выгнана, пойду,
про вечную свободу творчества
вслух размышляя на ходу.

* * *

А если спросят дети нас, дебилов,
кем были вы в стране угля и стали,
то скажем так: героями из фильмов
мы были под большими небесами.

Какие всё прекрасные моменты
в зелёных летних кинопавильонах,
размытые, плохие киноленты
и сноп лучей на головных уборах.

А если спросят, что это за люди,
которые гуляют по бульвару,
потом стоят подолгу на распутье,
в спортивные одеты шаровары?

Сойдутся вместе – ерунду морозят
и, выпивши, закусывают хлебом,
то скажем так: утри курносый носик,
ты не стоял вот так под этим небом.

* * *

Зашкаливший луч в неумытом окне,
без стрелки минутной лицо циферблата,
Васильченко входит в седьмую палату.
Она умерла в ноябре.

В руке её пачка ненужных колёс,
привычно расчёска торчит из кармана.
Теперь она ходит бесшумно средь нас,
и это уже почему-то не странно.

На завтрак пшеничная каша и чай,
концерт по заявкам из радиоточки.
В сравнение с пятой всё это цветочки,
как кто-то из ихних недавно сказал.

Там окна на север и музыки нет,
оттуда в смирительной робе сермяжной
тяжёлого психа вели в туалет,
и он улыбался отважно.

* * *

Гул затих, я вышла на подмостки,
а очнулась в городе Свердловске,
в памяти бездонная дыра,
в пачке ни единой папироски,
в городе Свердловске все киоски
навсегда закрыты в пять утра.

Есть зато окурки на вокзале,
если вам случится, что едва ли,
оказаться, словно сироте,
где-нибудь на северном Урале,
посмотрите в голубые дали,
сядьте на скамейку в темноте.

В том краю, как и в любом проездом,
к личным наблюдениям полезным,
я прибавила такую тьму,
где рабочий бьёт ключом по рельсам,
будто бы вели его нарезом
в пять утра по сердце моему.

* * *

Земля, размытая до глины,
старуха цвета древесины
у перекошенных ворот,
тасует родина картины,
то куст рябины, то калины
перед глазами проплывет.

Белеет скошеное поле,
продрогший лес на косогоре,
прозрачный свет перед зимой
и журавли кричат из неба,
да разрыдаться бы нелепо
о чем, не ведая самой.

* * *

Мы все учились как-то где-то
в унылой школе мастерства,
не рифмовали мух с котлетой,
искали лучшие слова.

Мы начинали от истоков,
с неолитических нулей,
с каких-то типа Сумароков
на счастье всех учителей.

Когда, одетые в обноски,
учителям смотрели в рот,
нам повезло по-идиотски,
мы на второй остались год.

В плохих учениках при этом
когда мы жили однова,
и там фиалками по средам
летели лучшие слова.

* * *

Надев картуз помятый
по самые глаза,
идёт Степан Щербатый,
в кармане – колбаса.

Её в отделе «мясо»
украл он без затей,
её несёт он в массы,
как свет нёс Прометей.

С ней будет массам сытно,
когда нарежет он,
что и без света видно –
как явный закусон.

Не плач по нём, Бутырка,
сегодня он не твой,
и светится ухмылка
над жёлтой бородой.

1969 год

Летом я влезла на крышу бани
и попросила, чтоб все воскресли.
Видела сверху, как шли цыгане,
гнули гармошку и пели песни.
Слазь, говорили, батян отлупит.
Смолкли и мимо прошли по свету.
Мама другую собаку купит,
по водостоку на землю съеду.

* * *

Где соседский мальчик косолапо
с папой-мамой шёл на Новый год,
дядя средних лет, как по этапу,
сорок лет за ёлкою идёт.

С ним мы обучались в средней школе
радоваться всякой ерунде.
Стройплощадка в редком частоколе,
назревает утренник в судьбе.

Утренник. Играет в жмурки-прятки
косолапый мальчик из седьмой.
Сквозь забор — прожектор стройплощадки
с недовозведённою стеной.

Этот мир из снега и бетона
прежде полюби, потом поймёшь.
Со стеклянным, оловянным звоном
встанешь по будильнику, пойдёшь.

Будет чёрно-белою дорога,
будет воздух холоден и чист,
будет слышно далеко-далёко,
как играет во дворе горнист.

И, разучен на уроке пенья,
западает в памяти куплет.
Где-то там он, в солнечном сплетенье,
навсегда. И песенника нет.

* * *

Когда, производственный план засунув в карман,
начальник колхоза сказал нам: «Грузите без плана»,
я помню, как мягко осел виноградный туман
в моей голове, понимавшей свободу туманно.

Несла свои воды внизу Дубоссарская ГЭС,
кричали, как чайки, тревожные куры в долине.
Уже не проснуться в колхозе с названьем «Прогресс»,
где мы виноград собирали и соки давили.

Я вышла в тот день из барака — лежала роса
и в поле, прозрачном насквозь, над чертою отрыва
чернела до самого неба пустая лоза,
лоза наклонялась от ветра, как строчка курсива.

* * *

На свете счастья нет, а есть покойник в холле
неубранном, пустом. «Прощай навеки, Коля!» –
читаю походя на ленте голубой,
и чётко вижу ржавый мотороллер,
и вспоминаю, кто под простыней.

На свете счастья нет. Покоя тоже нету,
вот так откроешь дверь спросонья, а там это,
а там уже в парадной гроб стоит.
А там уж гроб стоит, под ним два табурета,
и слышно, как сосед соседу говорит.

«Допрыгался Колян», — он говорит в раздумье.
На свете счастья нет, был человек и умер.
Надень теперь пальто, на службу выходи.
А за порогом синие петуньи
качаются, как синие кресты.

* * *

Только что нам галстуки вязали,
строго распрямляли уголки,
как, глядишь, уже мы на вокзале,
след ночной истерики, очки.
Чемодан в руке, билет в плацкартный,
голубой качается вагон,
сели, до утра играем в карты,
головой качает Аполлон.
И встает за окнами наутро
в голубых дымах из чёрных труб
ледяной Свердловск и почему-то
пишется как Екатеринбург.

Воскресенье

Когда уеду я, когда отчалишь ты,
от площади одной, где по ветру кусты,
отклеится нетрезвый человек,
не человек, а так, пальто и шапка,
и на часы вокзальные сквозь снег
прищурится и вздрогнет зябко.

Как хорошо мы знали этот взгляд
куда-то мимо, вверх, из-под мигрени,
гадающий: то ли часы спешат,
то ли опаздывает воскресенье.
Ложится снег на грязные весы,
вода стекает вперемешку с паром
на рельсы, и, царапая язык,
бьёт колокол над Киевским вокзалом.

Приходит воскресенье навсегда,
на долгий срок, и этот в мятой шапке,
работник перекатного труда,
он тоже воскресает в общей давке.
Железную толкает хренотень,
дежурное выкрикивает что-то,
чтобы в окне доплыть до поворота,
чтоб в памяти остаться насовсем.

Университетская ода

Моей маме

1

Вместо прозрачной «Весны» Боттичелли
пишем картину «Грачи прилетели»,
серенький воздух, чёрные ели,
солнечный круг в правом верхнем углу.
Это – рисунок мальчишки, девчонки,
это навеки в сердце, в печёнке,
бьют ли под дых, дробят ли скулу.

Пишем кубический мир новостроек,
мир одиночеств, полночных попоек
за облысевшим чахлым леском.
Это уже из другого контекста,
остановите музыку детства –
бабы танцуют с худым мужичком.

Кто блатовал тут? Кого провожали?
Щепки летят, как на лесоповале,
брёвна сплавляются вниз по реке,
бабы что куры бегут от конвоя,
родина ждёт пересыльной тюрьмою
где-то на Волге, на синей Оке.

В богом забытой дыре небо сине,
но, оттого что душа в паутине,
мы нарисуем решётку в окне.
Что же ты плачешь, уродливый отпрыск?
Чем нехорош этот солнечный отблеск
на тонкокожей твоей пятерне?

Был или не был рассвет петушиный,
мелко дрожащие в лужах вершины,
летняя ласточке в неводе туч?

В городе Н. на Урале болотном
видела я вот такие полотна,
но потеряла от города ключ.

Память отшибло с разлету, с размаху,
тело с душою не сладит со страху,
слишком усердно молилась ты Вакху...
Да, отвечаю незнамо кому.
Но объясни мне вселенский оракул,
в чём провинился ребёнок, что плакал,
и почему воздаётся ему?

2

Так уж устроена жизнь без изъяна:
спрыгнешь с подножки на станции странной,
где и железной дороги-то нет,
спросишь в буфете стакан лимонада,
и никуда возвращаться не надо,
ветер из рук вырывает билет.

Вот путешествий обычная смета:
те же поля и столбы вдоль кювета,
та же отвесная плоскость пруда.
Раньше тряслась по ухабам коляска,
нынче грохочет железный Савраска,
чучело шляпою машет с участка –
кто же не любит езды в никуда?

Без вести сгинуть заведомо просто,
солнечный круг и дырявые гнёзда,
дети рисуют кремлёвские звёзды,
рядом отцы забивают козла.
Как говорится, и я тут живала,
радио пело «Начнём все сначала»,
«муркой» шпана в полночь струны рвала.

В городе Н. я училась три года,
иерихонские трубы завода
звали на подвиг толпы народа,
жёлтая накипь лежала на всём.
В городе ссылок, в Демидовской зоне,
я поняла, школу жизни филоня,
смысл пустоты с человечьим лицом.

Дайте мне белого цвета бумагу,
я принесу Уралу присягу,
я опишу как воистину есть:
зорь кошениль на разбитой брусчатке,
сладкую боль где-то в левой лопатке,
что уродиться мне выпала честь.

Было семнадцать мне. Возраст как возраст,
но близорукость, сонливость, нервозность
прочно стояли меж миром и мной,
и понапрасну я мучила музу,
едучи в тряском трамвае из вуза,
слыша урывками город блатной.

После уроков туманной латыни,
как хороши, хоть гнилы были дыни
там, в полосатом туркменском ряду,
но, если честно, пределом соблазна
был виноград, и, заморыш несчастный,
с грязью я ела его на ходу.

Страшно хотелось домой, как из ссылки
Пушкину. Мама всё слала посылки,
то сухофрукты, то кофе и чай.
Друг-одноклассник прислал из столицы
снимок своей чернобровой девицы,
первой любви я сказала «прощай».

3

Задним числом вещи видятся чётко,
вижу, как водка течёт с подбородка,
но погодите с суммой потерь.
Не растекайтесь толпой по перронам,
те, что на дачу с аккордеоном –
их ещё можно окликнуть теперь.

Помните, там в Александрове, летом
вонь коммуналки, но дело не в этом.
Нам там случилось разжиться билетом
на очень важное в жизни кино,
и, повздыхавши слегка элегично,
мы поплелись на свою электричку.
Ретроспективно мне ясно одно.

Это и было то самое счастье,
это оно берегло от напасти,
чёртов билет мы порвали на части,
но, если где-то когда-нибудь вдруг
встретимся в мире, то все четвертинки
соединятся в живые картинки,
в кинотеатр мы войдём без запинки,
и оборвавшийся врубится звук.

Голос певицы тоскует за кадром,
Эва Демарчик в венке виноградном
с польским акцентом выводит романс.
Так почему же так сладко, до плача,
слушать про чьё-то свиданье на даче?
Это про нас она, милый. Про нас.

Бывший любимый, мне больше не надо
слов утешенья. Я знала когда-то
несколько слов на латыни, они
omnia mea – на том перепутье,

где облака задевают за прутья,
и семафоров мигают огни.

Дождик намочит зелёное платье,
будет холодным и мокрым объятье,
утром просохнет поле и лес,
выйду, кружок одуванчика сдую,
и, когда пух полетит врассыпную,
в воздухе дымом вопрос нарисую
в миг до того, как навек он исчез.

* * *

Училище напоминало ферму
машинного доения голов.
Ученики, переваривши термо-
динамику, слонялись средь дворов.
Однажды со стены пропал Лесков
и появилось «Соколова – стерва».

Потом в спортивный зал внесли рояль,
учились танцевать на переменах,
а после декабря там был февраль,
и штукатурка сыпалась на стенах,
когда они, согнутые в коленах,
скакали, даже нервный Баштанарь.

Танцуют Констандогло и Петров,
танцуют в паре два Аркаши рыжих,
танцуют все, выходят из углов,
стеклом увеличительным их выжег
на памяти моей Господь. Все ближе
круги подмышек, музыка без слов.

О чем же я железным соловьем?
Они передо мной пройдут колонной,
когда умру однажды целиком.
Между козлом, канатом и бревном
гори, гори, линолеум вощеный,
качайся пыльный столб в луче косом.

Снегири

В конце зимы, в конце столетья снегири
высвистывают три простые ноты, три
простые ноты, три простые... Эха нет
над волнорезом крыш, за волнорезом лет.

Они в конце зимы, пред новою весной
на языке земли, лежащей подо мной,
поют, что им пора, что дома ждут дела,
что сажа вечеров по-новому бела.

В бумажные поля уносятся они,
в засвеченные мглой и бледным солнцем дни,
и волнорезы крыш волнистою чертой
подчёркивают их полёт и свист простой.

Меж небом и землей летящие на юг
они мой горизонт в свой вписывают круг
и тянут на себя тугую тетиву,
и ширят кругозор, в котором я живу.

Пока гляжу на свет, пока я говорю,
покуда есть, что мне добавить к словарю,
покуда есть и мне, куда лететь стремглав,
до той поры ещё я вписываюсь в явь.

* * *

Спи со мной, любимый мой,
я приду к тебе домой,
убегу с урока,
спи со мною только.

Буду школьницей опять,
буду в винном воровать
сладкий «Белый аист»,
умникам на зависть.

Пусть скрипит шагами наст,
уркаганит в мире власть,
сквозь кривую местность
как бы угол срезать?

Я приду средь бела дня,
только подожди меня,
заводи пластинки,
обдувай пылинки.

Голую сожми сильней
на остаток долгих дней,
где опять по кругу
всё простим друг другу.

* * *

Мы пойдём по дороге пустой
в Новый Год за картошкой и пивом,
за какой-нибудь, в общем, жратвой, —
как целинники в мире счастливом.

В новом мире, где всё лепота
и на голой обочине с краю
мёрзнет синий гидрант, и с винта
вниз сочится вода голубая.

Квартира номер 7

Толстуха, что, с утра автомобиль
свой заводя, будила весь наш дом,
покончила с собой. На много миль
несвежий снег лежит в окне пустом.
У изголовья, в сумраке, когда
вошла в её квартиру, тлел торшер
и сам себя же освещал с утра,
не вмешиваясь в скучный интерьер.

Впервые захотелось заглянуть
в её лицо и что-то рассмотреть
попристальней, чем позволяет муть
соседства и даёт возможность смерть,
особенно самоубийцы. Но
насмешливо молчали все черты.
Запомнился лишь стул без задних ног,
приставленный к стене для простоты.

* * *

Когда ты умер, старый наш будильник
сошёл с ума и по ночам поёт,
как бы забыв, что в спутанной пружине
на самом деле кончился завод.

Мне видится житуха в новостройках,
в окне пустырь несвежей белизны,
поодаль неразгаданным кроссвордом
какое-то строенье без стены.

Итак, тень фонаря бежит по кругу,
январь, февраль, вприпрыжку март хромой.
Мы так любили в этот год друг друга,
что просочились в мир очередной.

Там было холодно, слетали с циферблата
бумажные вороны по гудку,
на корточках курили два солдата,
бутылка между ними на снегу.

Легко принять за чистую монету
и это вот движение руки,
когда, отбросив наспех сигарету,
сжимаешь пальцами мои виски.

В другой зиме, в день встречи на перроне,
где проводница в снег сливает чай,
возьми моё лицо в свои ладони
и больше никогда не отпускай.

* * *

По выходным в глухом местечке
соседний инвалидный дом
автобусом вывозят к речке,
заросшей пыльным камышом.

И там они в своих колясках
сидят в безлиственном лесу,
как редкий ряд глухих согласных,
пока их вновь не увезут.

С годами лет я тоже тронусь
умом и сяду у реки,
чтоб в пустоту смотреть, готовясь
к зиме, как эти старики.

И выйдет радуга из тучи
после осеннего дождя.
И скажет санитар могучий:
пора, родимая, пора.

* * *

В город Дельфт возвратился Вермеер,
поднялся на кривой виадук,
что возник ниоткуда и вдруг,
длинный взгляд раскрывая, как веер.
Он надолго успел разглядеть
и сложить в замыканье коротком
голый берег с двойным подбородком
и церквей золотушную медь.
Когда солнце всходило вверх дном,
он поставил мольберт на причале.
Две молочницы в ведра сливали
молоко в измеренье одном.
А в другом замерзала река,
покрывалась туманом и снегом,
но уже грунтовала телегам
путь в объятия материка.

* * *

В Ереване в одной из комнат
жил художник, пришла весна,
краски кончились, падал город,
он его поднимал со дна.
Раз сидел он всю ночь в гостиной
и для сына сложил к утру
удивительную картину,
нёс подмышкою на ветру.
В той картине летят антенны
и на роликах едет сквер,
не повесить её на стену –
загибается глазомер.

* * *

Ни восклицательного всплеска,
ни вопросительного взора
в конце недлинного отрезка
прокуренного коридора.
Наверное, была дорога,
и даже с листьями по краю
или с трубою водостока,
чтоб ей сказать: я уезжаю.
Что ж, оставайтесь, оставайтесь
в едином времени и месте,
вдвоём за чёрное хватайтесь,
на окна белое повесьте.
И чувствуя свою же пошлость
в офонаревшем полусвете,
уже пересекая площадь,
оглядывалась в окна эти.

* * *

Здесь чужая музыка бывало
до пупка мне душу надрывала
за стеной,
джазовая чёрная певица,
ветхая, как старая кулиса,
вспоминала год тридцать второй.

Как они там с Дюком или Эллой
пред толпою чёрной или белой
урезали блюз,
эх, какие розы в них бросали,
нынче нет таких. Пыль на рояле,
в окнах дождик плющит голый куст.

Ничего, родная, выпьем бренди,
жизнь твоя останется в легенде,
а моя легко
отоспится на тахте трёхногой
и пойдёт своей пустой дорогой.
Вот и всё. И – let my people go.

* * *

Летает бабочка-капустница
по траектории своей,
то взмоет в воздух, то опустится
в однообразный мир теней.

Летай, летай, моя красавица,
касайся крылышком грязи,
с тобой в окне большая разница
и меньше тьмы с тобой в связи.

У двери с сонною консьержкою
округлым зеркалом сверкнёт
помойка с банкою консервною,
с газетой в грязный разворот.

В пролёте у пожарной лестницы
пускай проходит много лет,
и только неба околесица,
и только ты, мой робкий свет.

* * *

Дом многоквартирный – наше мирозданье,
эй, да нане-нане,
въехали в соседний лес цыгане
и играют на баяне.

«Жвачка, подходи, бери памада»,
кричит цыганка,
вдоль бульвара трубы, листья, стекловата,
остановка, перебранка.

Там однажды что-то приключилось,
участковый приходил разведать,
след вел в четкий, абсолютный минус,
в бесконечность, неизвестность.

Но пред тем, как скрыться в голубое,
музыканты были,
где всегда играют лучше с перепою
два цыгана на могиле.

* * *

Мальчик был и была эта девочка,
ночь июньская окнами в сад
и колготки красивые в «сеточку»,
и он ей приносил шоколад.

Очень страстные песни цыганские
в этом мире серьёзных горилл,
речи глупые, речи неясные –
кто бы ей это вслух повторил?

Всё на белой ромашке гадается –
было, не было – как посмотреть,
и она пусть была не красавица,
но любила его очень ведь.

Цыганка

Мне гадала цыганка по влажной руке:
«Ты послушай меня, дорогая,
на уме у меня, что и на языке,
правду чистую я излагаю.

Не удержат тебя ни семья, ни земля,
жениха потеряешь задаром»,
наклонялись над нами вверху тополя
над родным кишинёвским базаром.

Тополями клянусь в серебристом пуху,
я не верю, не верю, не верю,
погуляю по свету да всё сберегу,
не такая я, слышишь, тетеря.

Я вернусь в этот двор с пустырём в небеса,
обниму тополь наш белоснежный
и опять зазвучат детворы голоса,
и пойдёт разговор бесконечный.

И пойдёт разговор на высоком крыльце,
на ступеньках мы сядем, как дети,
я и он, мой жених, самый тихий в лице,
самый голубоглазый на свете.

Когда пух тополиный, сойдясь в хоровод,
закружит над вечерней землёю.
...И она хохотала во весь алый рот,
алой юбкой трясла предо мною.

* * *

Ты убит в Афганистане,
над твоей могилой крест,
роза над могилой вянет,
и меня обида ест,

что тебя везли мастито
в оцинкованном гробу,
схоронили шито-крыто
и под музыку не ту.

Я приду сюда, в аллею,
по нетоптаной тропе,
вставлю в плеер Чарльза Рэя,
пусть сыграет он тебе.

Чтоб ты вспомнил, как когда-то
пласт винильный ставил нам
после школы, после ада,
после рук и ног по швам.

* * *

Когда под небом невесомые
однажды жили мы с тобой,
когда нам пели насекомые
в плафонах зелени густой,

тогда уже в часы вечерние
мне стал являться странный звук,
как бы листвы сердцебиение
передавалось пальцам рук.

В те дни, измученная мыслями,
ещё не внятными уму,
я поднималась и меж листьями
брела в мерцающую тьму.

За огородами капустными
шли помидорные поля,
и было и светло и грустно мне,
и вся земля была моя.

* * *

В карманах спички, пачка сигарет,
в коричневой дублёнке самопальной
я свой кончала университет
в провинции прекрасной и печальной.

Я буду в ней на вечерах скучать
и штукатурку обтирать без пользы
и очень мало в мифах понимать,
в аллюзиях не разбираться вовсе.

Да что там было понимать-то в них,
ну, римские и греческие боги,
а я любила чистый лёгкий стих
чтобы душа летела прочь на вздохе.

И юношу-поэта, и мазут
ночных огней на бессарабском Крите,
и просто так пила, чего нальют,
чтоб с ним потом на чистый холод выйти.

В мотеле

Ночью непролётной
в городе чужом,
въехав в номер льготной,
сядь с карандашом.

И, терзая лиру,
карандаш грызя,
городу и миру
напиши: вот я.

Здесь матрас был жёсток,
как сырой сапог,
и тяжёлым воздух –
это между строк.

Здравствуй, мир хреновый,
ночью на столбе
лунная подкова –
лапу жму тебе.

Для тебя полночи,
лампу жгу, поэт,
там, глядишь, рассвет,
мутный, между прочим.

* * *

Не забывай это никогда,
для верности заруби на лбу:
пока плывет в облаках звезда,
она хранит на земле судьбу.

Пока горит луна в сорок ватт,
она хранит нас в глухую ночь,
и пусть уносится листопад,
и птицы вдаль улетают прочь.

И пусть сто раз для отвода глаз
лишь для потери у нас душа,
и вся-то жизнь в никуда рвалась,
не стоя ломаного гроша...

Троллейбус

Кто на выход? На Пушкина? Вбок
отойдите, пройдите – расселись!
Инвалида пустите без ног,
придержите, ребята, троллейбус.

И совсем как какой-нибудь псих,
он кричит: разрешите пройти нам,
с этим стоном приходит час пик,
он приходит ко всем нам, родимым.

В центре места полно ещё есть,
а на входе его не осталось.
Кто там на Грибоеда? Бог весть,
андромедова, дядя, туманность.

Как же прёт этот гиблый Эдем,
до конца наступает на пятки,
очень хочется выйти совсем,
а не просто спуститься с площадки.

А нельзя – значит, надо опять,
и придётся ведь многие лета
расступаться, за двери держать
в час от Пушкина до Грибоеда.

* * *

За всё благодарю, эпоха малых дел:
а то, что не звала на битву и на подвиг,
за то, что в ночь глухую оставляла щель,
когда отец включал свой радиоприёмник.

В гостиной у окна включал он ВЭФ стальной
и позывной летел над спящими домами,
над всею напролом заснувшею страной
с казармами её и крысьими дворами.

На подоконнике поблескивал металл
над смешанным, замусоренным лесом,
над нашею жизнью, черт бы её взял,
к которой путь обратно перерезан.

Но если разбудить меня в густой ночи,
смогу припомнить я его понотно,
за позывные би-би-си на небеси
дочь взрослая благодарит сегодня.

* * *

Прозвучат проклятья, стихнут похвалы,
виновато руку положу на сердце:
виновата очень, никуда не деться –
я ль не зажимала, не брала взаймы?

Я ль не поддавала с ночи до утра,
губы обметало, сердце, словно брюква,
аура истёрлась, если и была...
Головой о стену, вспоминая, бухну.

Человек, торгующий крэком на углу,
и другой, укравший у старухи деньги,
виноваты очень, но они – калеки
умственные сроду. Пусть стоят в углу.

Я же ум и разум бросила, как кнезь
войско в поле битвы – в жизни безголовой.
Посылай Мефодия и Кирилла днесь,
если спросят что, скажи – пусть тащат Слово.

* * *

Всё зависит от перспективы,
как в рассказе Эдгара По.
От густой полосы отрыва,
субъективно того-сего.
От того, как скрестились спицы
и легли на глаза лучи –
это будет гореть и длиться,
или это пройдёт почти.
Как проходит земное царство
и любая другая вещь,
как в рассказе Экклезиаста,
где об этом о самом речь.

* * *

Карусель вверху крутилась
в тихом парке возле арки,
с детством девочка простилась,
вдруг влюбилась, елки-палки.

Юность ехала и мчалась,
кони морды в снег макали
и стучал дождя стеклярус
по обшарпанной эмали.

И с обшарпанных повозок
он стекал почти неслышно,
полетела жизнь на воздух –
фотография со вспышкой.

Вот успеть бы всё заметить
мимолетом взглядом сверху,
эти гривы – что за прелесть,
всё, что надо человеку.

Мы живём на карнавале,
карнавале, карнавале...
Эй, лошадки, трали-вали,
полетели, побежали!

* * *

Живи, моя радость, в большом терему,
в высоком живи,
не верь, моя радость, не верь никому,
душой не криви.

Душой не криви и гостей провожай,
маши им рукой,
текут провода, утекают за край,
за край голубой.

Зубчатый, берёзовый край. Это крыш,
заборов зубцы,
у них за спиной у дороги стоишь,
уже продавцы

закрыли конторы, решётки в дверях
заместо дверей.
Ты их опиши, моя радость, в стихах
и слез не жалей.

* * *

Мы в лодочке синей скрипучих дворовых качелей
на жёстких дощечках с тобою уносимся вверх
и солнце летит сквозь густую пятнистую зелень,
а там уже снег, двадцать первый какой-нибудь век.

Качели лишь повод качнуть злополучную тему
про синее-синее над черепицею крыш,
куда провода утекают сквозь твёрдые клеммы,
про белое-белое там, где на небо летишь.

Семнадцатилетний эстет, обожатель Востока,
и хмурая девочка в беличьей шубе смешной,
но есть ещё главная тема – поэт и эпоха
за всей переходного возраста снежной лапшой.

В ней много культурных походов за хлебом насущным
и много совсем одиноких окольных свобод,
но как ни оглянешься, это окажется лучшим,
где мальчик читает и девочка варежки мнёт.

* * *

В снегу тропинка замурована,
легко поскрипывает наст,
и, странным стилем очарована,
читаю «Подвиг» в пятый раз.

Страницы вскользь переворачиваю
до синей лунной полыньи
и всё надежды не утрачиваю,
что будут счастливы они.

К такому счастье это сводится
бессмысленному пустяку,
студент из Англии воротится,
в дверях склонится к косяку.

Она глаза поднимет наскоро,
пройдут отчаянье и мрак.
И не понадобятся автору
Россия, полночь и овраг.

* * *

Дай мне имя другое,
жизнь другую пришей,
но оставь мне для воли
моих корешей.

Их стихи никакие,
двести на посошок,
их берёзки, Россию,
полу-стон, полу-вздох.

Пусть заводят за красным
и за белой идут,
не моргнут синим глазом,
пусть меня там убьют.

Похоронят, зароют,
воскресят болтовней
и посадят на поезд,
чтобы ехать домой.

Утром в общем вагоне
от огня фонаря
пассажиркой без брони,
адрес – город Земля.

* * *

Русского вечный винительный, дательный,
обществоведенье – приступ тоски,
справа полощется флаг обязательный,
а в переменах полощут мозги.
Там, между рыбами и между рифами,
между соцветьями дольних цветов,
между двумя даже голыми рифмами
ярче гори, половая любовь!
Тройкой лети по плохим сочинениям,
лебедем-двойкой уроков труда,
но в геометрии я была гением
линий, ведущих куда-то туда.

* * *

Вспыхнуло вдруг и на миг озарилось –
рельсы, вагоны, подножка,
ты не стареешь, божия милость,
только устала немножко.

Ты походила путями прокорма
и натрудила ты плечи,
речь твоя стала совсем разговорной,
даже не речь, междуречье.

Это лицо, обращённое в дымку,
о как ты, мать, попростела,
но узнаю и глаза, и косынку –
ты все глаза проглядела,

отпровожала на все Конотопли
все поезда, что бывают,
детские их и предсмертные вопли
стынут и ночь разрывают.

* * *

Во всём дому был свет потушен,
стояла женщина под душем,
за занавески мокрым шёлком
светилась кожа её жёлтым.

Светилась кожа её белым,
светилась кожа её бледным,
и тень воды, сбежав по стенам,
светилась отражённым светом.

Капли кап-кап, глаза застыли,
фиалковое пахло мыло,
и ничего другого в мире
в тот вечер не происходило.

* * *

На старой ферме вёдра молока,
мычит корова, всё зовёт телёнка,
и журавлей протяжная строка,
а напрокат казённая лодчонка.
На глинистом размытом берегу
склонилась ива прямо над волнами,
и целый век я в сердце берегу,
вожу вас за собой в оконной раме.
Припоминаю скошенный навес
и молдаванок очередь у кассы,
и весь земной надрыв в глазах небес,
какой ты был, такой ты и остался.

* * *

Будем старый фильм смотреть по видику,
будем с ним смеяться заодно,
там, где Чарли Чаплин крутит винтики-
болтики... Такое вот кино.

Вроде бы, понятно, как пять пальцев,
только мне вот пальчик покажи,
деревянный рот расхохотался,
и прошёл отчаянный зажим.

Вроде бы, всё это шито нитками,
вроде бы, такие пустяки –
крутятся над чёрными субтитрами,
дергаются, будто бы под пытками,
дурочки, немые дураки.

* * *

Умами зрителей играющий
в осенней арке у ворот
заезжий маг букет пылающий
из чёрной шляпы достаёт.

Гирлянды красные и жёлтые,
мышонка посадив в карман,
он достает из куртки шёлковой,
и не поймёшь, в чем тут обман.

На площади в морозной колкости
мы, иногда гуляя здесь,
вдруг застываем с осторожностью
среди простых его чудес.

Смешной, с мышонком за жилеткою,
он голубя достал… А вдруг
и нас однажды в утро ветхое
достанет он обманом рук?

* * *

В тот час, как в книжке молодой Ростов
испуганно бросает пистолет,
сестра на кухне затевает плов,
морковь крошит. Есть связь? Пожалуй, нет.

Война страшна, там раз – и наповал,
здесь долго ноет мысль, что почек двух
нет у моей сестры, и шанс так мал,
что донора найдут. Такой вот круг.

Она перед диализом в четверг
ворчит, что нужно снять шумовкой жир…
И, верь не верь, и слёзы тут и смех,
и меньше про войну тут, чем про мир.

Рабочая элегия

Чуть первый снег, работа у бригады,
на двери набивали дерматин
вполне интеллигентные ребята –
Серега, Валя и Сашок один.
Они весь день ходили по подъездам
с огромными мешками на спине,
а я для пользы дела с жутким треском
им дерматин кроила в стороне.
Но как бы в мире ни было мне худо,
с хозяевами вынутых дверей
я не садилась чай хлебать на кухне,
не грелась у их жарких батарей.
Над ватой безобразною снаружи
затягивайся дымом и молчи,
весь мир тоскует, миру ещё хуже
в летающей, разодранной ночи.

* * *

Много времени жизнь не займёт,
только что-то поставит на вид,
только юность червонец займёт,
в приоткрытую дверь проскользит.

Вниз по лестнице в уличный снег
мимо мусорных баков в кустах
молодой, молодой человек,
прочитавший и «Крым», и «Гулаг».

Ножкой топ и по матушке – ёб.
через два института – а чтоб,
через дней перетёртый подзол,
через парк, где торчит дискобол.

Через две проходные и двор,
через синий дежурный контроль,
через осени красный ковёр,
просыхающий твой алкоголь.

Через это мы тоже прошли –
и «Что делать» и «Кто виноват?»
Октябри, ноябри, феврали,
в луже палые листья лежат.

* * *

Это утро так играет облаками,
как ребёнок пузырями. Мир наутро
отразился на минуту вверх ногами,
вверх ногами отразился на минуту.

Выдувается пузырь обыкновенный,
на соломинке висит вся незадача,
день рождается из густо взбитой пены
с сигаретою последнею из пачки.

Но не меряем игру пустым итогом,
пока воздух в белом шарике лучится,
за соломинку цепляется со вздохом
и не хочет от иллюзии лечиться.

* * *

Снег пройдёт, снова станет светло
между небом и тем, что под небом,
первым взглядом и «взглядом на всё»,
между правдою и ширпотребом.
Нашей жизни и грусти поверх,
наших детских масштабов линейных
станет очень красиво навек,
где насыпался снег до коленок.
С парой беличьих быстрых следов
где бессмертно меж тем и меж этим –
К. плюс Е написалось Любовь.
Кодак уличный чётко подметил.

* * *

Напишешь плохие стихи,
замолишь пустые грехи,
примучаешь музу в углу,
поймаешь свою похвалу.

Ах, господи, всё так оставь,
сегодня прекрасная явь,
и просто летит с неба снег,
а снизу глядит человек.

И мысли его – высоко.
И что ему снег – ничего.

Автобиография

Мои предки так жили на шаре синем:
говорили на всех языках европейских,
торговали мануфактурой с миром
и ходили в заломленных рыжих кепках.

Над Европою высятся мемориалы,
есть на карте отчизны моей пробелы,
за кого я досматриваю кошмары,
тереблю чёрной ночью в окне портьеру.

Матерьяльчик хороший, поплин французский...
Португальского я отхлебну портвейну
и торгуюсь на всех языках по-русски,
по инерции я набиваю цену...

Письмо

Вы, зеленеющие в тёплой мгле,
густые ветви в сводчатом окне,
на языке царапин на стекле
скажите мне...

Скажите мне, роняя цвет свой в пыль,
в пустую высь сомнения гоня,
не то, что любит он ещё меня,
а то, что он *тогда* меня любил.

Был почерк у него такой – *стремглав*,
отточиями лист бумажный рвал,
а почерк, милые – ведь тот же нрав,
и не хочу я правды наповал.

Тогда уж лучше, вешние мои,
когда спрошу: а он грустил порой,
скажите так: он сочинял стихи,
и в них звезда болтала со звездой.

* * *

До встречи, до встречи, до встречи в знакомом дворе,
где девочки вниз головою висят в сентябре
на детской площадке и видят, как по пустырю
проносят кого-то в не очень нарядном гробу.

На детском снаряде висят они вниз головой,
белея трусами среди перекладин стальных,
и что-то, наверное, есть в перспективе такой,
когда сверху вниз как на мёртвых, так и на живых.

Сейчас в подворотню свернёт небольшая толпа,
соседские тётки отплачут и я докурю,
прощальную музыку вынесут прочь со двора.
До встречи, до встречи, до встречи, я им говорю.

* * *

Длинное, тёмное, зимнее,
бабочки на вираже,
лунное, белое, синее
над темнотой пмж.

В это холодное небо
долго глядели и мы
и получили от древа
разум холодный взаймы.

И получили искусства
вечную красоту
к собственной жизни в нагрузку.
к жизни по сторону ту.

Так, прямо крыши по краю
лунатик идёт в тишине,
видя сияние рая
недостижимое, не...

* * *

Жизнь – индийское кино,
просыпаешься – все плачут,
хорошо, да чуть длинно...
Вот, другое дело – пальчик
уколола Красота,
красные куснула губы
и уснула навсегда,
и никто не плачет глупо.

* * *

маме

Такая жизнь, такая жизнь,
в шесть лет война, в окошке – Азия,
с крахмальной синевой кумыс,
когда глаза закрывши засветло,
голодными ложились спать,
вставали, голода не чувствуя.
«Там тоже счастье было грустное,
пойми». Да что там понимать.

С какой невероятной ясностью
тебя я вижу молодой,
русоволосой в синеватости
в дверях над белою чертой.
Ты ночью в каменном мешке
среди громыкинского зодчества
белеешь со свечой в руке,
как жизнь над бездной одиночества.

* * *

Это поезда выгон плацкартный
пробегает тень от сквозняка,
с мамой и отцом играем в карты
перед сном, в простого дурака.

Сладки чая чёрного остатки,
тихий, но понятный разговор
через темноты льняные складки,
поезд тронулся… Ну, я зашёл…

Через скатерь-самобранку, кляксы,
имя собирательное мест,
надо мыслить, много отбиваться,
научиться жить сегодня, здесь.

А иначе – путаные мысли,
на перронах – чёрная вода,
чай спитой, и едешь по отчизне
долго, сиротою сирота.

* * *

Сырая весна, окоём
затянут дождями с утра,
две сойки сидят под дождём,
похожи на два топора.

А тут ещё надо летать,
зачем-то крылами трясти,
какую-то песню про страсть
сложить в непонятной связи....

* * *

В рулоны скатывают старый снег,
я так люблю весеннее начало
и позолоту стынущих прорех,
когда дубы стоят, как аксакалы,
и горы голубеют высоко,
к ним тянется размытая дорога,
тумана оседает молоко,
простреливает лёгкая тревога.
На свете будут жизнь, друзья, родня,
на голубой сияющей планете,
и так прохожий смотрит на меня,
как будто понимает мысли эти.

Кошка

Глотала воздух, свесившись в окошко,
с дурацким ощущеньем, что тону,
а снизу по двору бродила кошка,
облезшая, с пустым бельмом в глазу.

Вдруг села гордо, вылитый Египет,
и разрази меня небесный гром,
кто на такую взгляд случайно кинет,
тому не человеком быть потом.

А вечною сияющею маской,
зияющей улыбкой дурака.
А ты, что одарила силой царской,
ты царствуешь в обители стиха.

* * *

Ерунда, говорит, кожура с картофеля,
утро му... говорит, дряннее вечера,
это мы от разгула и от раздолия,
и пошло, и поехало как поветрие.

Одиночества полны две серых комнаты,
сердце, словно игольник с тупыми иглами,
а на склоне вечернем сверкает золото,
будто кони гуляют в ночи на выгоне.

Это Дмитрия в Мокром сбылось пророчество,
стук копыт, разливание колокольчика,
ближе – блеск облаков, золотое зодчество,
ну, поехали, пегие – крик погонщика.

С ветерком – в золотые края родимые,
серопегие, милые, ну, поехали
в облака, ветром южным переносимые,
где цыгане уходят во тьму за телегами.

* * *

Пойдём по грибы да по ягоды
по первому русскому холоду,
где вьются утиные паводки
по жёлтому тусклому золоту.

Осеннее солнце за листьями
мелькнуло иголкою в войлоке
и, как от ружейного выстрела,
вся роща обрушилась под ноги.

Всё было, всё пущено по ветру,
горит полунищее зарево,
душа ничего не запомнила
и жизнь ничего не исправила.

* * *

К слову вспомнятся за коньяком пятизвёздочным
перестроечные, разговор по душам,
что-то свежее носится в воздухе форточном
и амнистии множатся, как «аз воздам».

И свобода приходит в расцветшие скверики
и выходит Улисса большой перевод,
пароходы плывут по высокой Москве-реке,
возвращается Сахаров из несвобод.

Возвращаются частная собственность, в частности,
возвращаются улицам их имена,
комитет государственной безопасности
возвращает, однако, свои времена.

И мы будем с тобою последними гадами,
если снова войдём в этот бешеный круг,
о свободе печати и слова не надо бы,
это было красиво и кончилось вдруг.

* * *

Разгорится на конфорке газ,
вечной память цветок алеет,
прямо, как живой, глядит на нас
Венедикт Василич Ерофеев.

По стране дешёвого угля
бродят огоньки такого рода,
надо здесь родиться навсегда,
чтоб понять предельную свободу.

Чтобы параллельно здесь и там
в совершенно этом мире гадском
верить перелётным облакам,
человек тут градусом обласкан.

И ещё на кухне водку пьёт,
запрокинув ледяное донце,
подожди, дружок, сейчас пройдёт,
разгорится маленькое солнце.

Припадает к тайне бытия,
пьёт до дна, качаясь, чуть со стула
шаткого не падая туда...
Прочее, увы, литература.

* * *

За полярным синим кругом
люди дивно поживают,
их заносит белым пухом,
белым, тихим снегом на год.

Всё – холодное сиянье
без оттенков и без качеств,
мало значит расстоянье,
расставанье мало значит.

Там не ходят по вокзалам,
не заламывают руки,
ведь за кругом за Полярным
всё само придёт на круги.

Поездка

Под председательством труб золотых,
прочих в тот день духовых
я не пошла на работу, взамен
села в автобус один.

Был тот автобус с разбитым стеклом,
шёл он на Иерихон,
рядом монах со своим псалтырём
и две старухи с мешком.

Пыль поднималась, метался сквозняк,
заполдень город возник,
вышли старухи, и вышел монах,
и я прошла мимо них.

И подходил ко мне белый мулла
и говорил мне: «Алла»,
чётки какие-то в руки совал,
денег нечистых не брал.

В лавке одной прикупила еды,
вышла и села у стен
и всё смотрела на эти дворы,
даже не знаю зачем.

И всё смотрела и вдруг поняла —
к небу глаза подняла —
что никогда, никогда, никогда
счастлива так не была.

Свет был какой-то почти неземной,
пыль поднималась светло,
в каждой крупице пыли сухой
кто-то шагал сквозь село.

В дом возвращался убитый солдат,
в жизнь свою, в день-дребедень.
Но подожди, уже трубы гудят:
шапку-бейсболку надень.

Встань и иди, отряхнувши штаны,
мир уже будет иным,
жалости больше и больше вины
будет на свете к живым.

* * *

В порядке небольшого уточнения
тому, кому всё это интересно,
один момент, я тут имею мнение,
что жизнь чудесна.

Конечно же, порой и скука смертная,
и сводит скулы, подбородок
обмен вранья «ужасно соболезную»,
жужжание элитных уховёрток.

И о пути особенном – всё сызнова –
и сикось-накось
про русскую особенную истину...
Но несмотря на пафос,

на то, что отвратительно дремучее
ярмо языкового блуда,
но, знаете ли – как это у Тютчева –
«Она сидела на полу и груду...».

* * *

Пригоняет сапожник подмётку,
напевает тихонько под нос,
он надел сапожок на колодку,
он его над всем миром вознёс.

Он красавицу в нём представляет,
юных бёдер изящный изгиб,
под коленкою замшевый заверт
всё под тот же нечёткий мотив.

Заметает за окнами вьюга
палисадник, кусты во дворе,
от пера и от снежного пуха
индевеет огонь в декабре.

И над всем этим миром промёрзлым
нить суконная мерно снуёт,
по живому натёртая воском –
отворот, заворот, приворот.

Снег на окна как ниткой суровой
за стежком налагает стежок,
но подбиты к сапожкам подковы
и написан на счастье стишок.

* * *

Мечтали правду говорить, но вдруг закончились мечты,
любили, оказалось – бред.
Вот так выходит человек на волю после долгих лет,
а воли нет.

О чём ещё тут рассуждать? Идёт весна, цветут цветы.
Завидуем исподтишка.
И лишь не скажем никогда и никому так просто мы:
«Сотри усы из молока!»

В мозгу порядок заведён, и хоть зубри чужой язык,
в мозгу стучит: отстань...
И дворники кричат с утра такую чушь из дворницких
в такую божью рань.

Леонардо рисует ногу и туловища коня

Ногу коня он рисует и туловище
множество раз,
конь прискакал к нам из светлого будущего
для утешения глаз.

Конь прискакал к нам из белого облака,
солнца Италии, мраморных скал,
эту картинку бы пальцам потрогала,
долго он, знаешь, её рисовал.

Множество дней повторял эти линии,
до основанья стесал карандаш,
чтоб возвести небеса эти синие…
Я бы ушла с головою в пейзаж.

Там совершенства великая фабрика,
школа терпения, как у травы.
Я бы летела подобием всадника
без головы.

* * *

Учил пахать, не покладая рук,
начальник при товариществе «Путь»,
носитель пиджака и важных брюк,
в глазах – непросыхающая муть.

С утра он совершал большой обход,
бывало, так вот встанет у столба,
посмотрит на бригаду: «Экий сброд
наштопала всемирная пи...да!»

Или «кого хороним?» говорил,
когда смолкал прекрасный звон кувалд.
Кто жил на свете, родине служил,
тот знает эту музыку средь шпал.

Там утро, как смертельный приговор,
все ждут лишь перерыва на обед,
а там ля-ля и про зарплату спор
под Пугачевой радиоконцерт.

Там жаловаться – дико западло,
а обижаться – страшный негатив.
Вот так в канаве дождь стучит о дно,
всегда один. Всегда, всегда один.

* * *

В жарком июле в угольной байдарке
я догоняю его, хвастуна,
две загорелые лопатки,
в рыжих веснушках худая спина.

И голова проплывает по соснам,
по отражению синих вершин,
гулко налитая утренним солнцем –
так бесконечно по речке скользим.

Веслами крутим направо-налево,
я – тяжелей, он всё так же легко,
я на весло налегаю бессменно,
а до него, как всегда, далеко.

Но расстоянье, которое как бы
было тяжёлым для этой руки
этими самыми же руками
перенесу я однажды в стихи.

* * *

Как же странно жить и видеть каждый день своё лицо,
каждый божий день,
не любить, не навидеть ничего
и особенно людей.

Не любить, не ненавидеть, не гореть, не потухать,
ни в какой не верить плюс,
есть в моём шкафу зеркальном множество богатств,
тюбик пасты помаринной, детский вкус.

Чищу зубы, вспоминаю пролетевший век,
когда снег был тихим, белым и летел, блестя,
и сворачиваю тюбик, экономный человек,
а была ведь размазнею размазня.

* * *

Из гостей уходить в переулки,
одиночество пряча внутри,
сторожихе в прокуренной будке
оставлять полбутылки свои.

Электричкой последней, гремящей
в продувную скучнейшую ночь
выметается пригород дачный,
где подлесок от осени тощ.

Очень мало в окошках тут света,
как сказал всем известный поэт,
а придешь через многие лета,
и поэта уж этого нет.

Жест потомка: «Вот русские печи,
подписались на евроремонт»...
Остается лишь сор человечий
как поэт бы заметил бы тот.

Засидишься вот так, водки с соком
вмажешь чувственно под болтовню,
дрянь тщеславная выйдешь и – пёхом,
и стоишь у платформ на краю.

* * *

Нравится дух мыла в парикмахерской,
нравится, где пишут «вечер чорный»,
нравится стихи сжигать, как Анненский,
человек сухой, ученый, чопорный...

Ему тоже выпало немногое –
по ночам склонялся над тетрадкою
с шоколадкою такою горькою,
что почти уже как будто сладкою.

Просто геометрия эвклидова
нравится над чёрно-белой шашечкой,
блюдечек фарфоры пирамидные
в обиходе жизни упорядоченной.

В этом наше серенькое, русское,
а стихи – лишь роскошь бесполезная.
Ванька, что на ужин? Щи с капустою.
Утром, утром... Детская профессия.

* * *

Там, где жили, говорили, загораживали перспективу,
неуемные бы силы и бесстрашный пыл,
я растратила бы силы, да ни быть мне живу,
чтобы снова ошиваться в городке Нижний Тагил.

Городишко всем прелестный на три маленькие морга,
малахит и менингит, и ходит сволота,
как в петровские ходила времена – одна дорога,
холод, звёзды, подколодная вода.

Беспризорник мнёт окурок, в сером парке труп
замёрзший
на скамейке так один,
с выражением таким ядреной рожи –
ни хуя себе смотался в магазин.

Если б я жила сначала в это городе прекрасном,
где рассвет к закату лбом,
подошла б, не побоялась, да разговорила б часом,
я ж и столб разговорю бескостным языком.

* * *

Я люблю золотую поруку
человечьей большой суеты,
по огромной столице прогулку
в направлении синей воды.

С мятой картой иду, пустомеля,
и, глядишь, постепенно дошла,
завершая прогулку без цели,
сигарету сырую зажгла.

Чайка лает и ветер разносит,
и при первой маячной звезде
обстоятельный горе-матросик
тянет белый канат по воде.

* * *

Мебельщик-плотник, слышь, кресло скрипит,
век кочевать ему с места на место,
ноет залеченный детский рахит,
не починил бы ты, мебельщик, кресла?

Как искривилась спинная доска,
бархатный, красный истёрт подлокотник,
в жизни от скрипа такая тоска,
не починил бы ты жизнь эту, плотник?

* * *

Поговорим мерцаниями,
большим молчанием своим,
большими ми|розданиями,
поэзией поговорим.

Поговорим нелепицу,
вот так бессмысленно идёт
лунатик вверх по лестнице,
набит улыбкой глупый рот.

Наверх в сиянье синее
ползут пожарники к нему,
а он лишь видит линию
невидимую одну...

Оставьте там, на остове,
его на идиотский миг,
всё счастье – идиотское,
поговорим про этот мир.

* * *

Над лесами, полями, лесами
есть утрами берёзовый дым,
есть семь звуков в классической гамме,
что с утра наугад повторим.

Из всей длинной классической прозы
путешественник, выберешь ты,
где летит этот дым безголосый
и солдаты поют без нужды.

Просто так в злого неба пустынность
надрывают в семь глоток восход
через воинской жизни повинность
и костры заливают. Поход.

Дым летит по куличкам с прогалин,
лишь один офицер не готов,
проигравшийся в пух тульский барин,
над страницею хмурящий бровь.

Ходасевич

Выживут прекрасные стихи,
мрачные классические строфы,
надо только сдохнуть от тоски
посреди сверкающей Европы.

Чтобы жемчуг принял блеск тугой –
есть рассвета узкая полоска,
по-над Сеной – злая бровь дугой,
и не с кем, ни с кем на свете в доску.

Тогда лет так через пятьдесят
без толку шатающийся призрак
совершит такой же променад,
понимая этой речи призвук.

* * *

Редкое дерево царской фамилии,
листики, как вензеля,
милое дерево, кто ты по имени,
может быть, жизнь ты моя?

Будем крутить лёгкой музыки мельницу,
будем листочки терять,
будем мы мямлить стихотвореньице,
только слегка привирать.

Здесь без обмана с железными лясами
литературный чекист
тыкает, якает, здесь между фразами
будем лететь мы на свист.

Синей по средам фиалкой дорожною
той, что горит на корню,
а по ночам – голубой неотложкою,
что не придёт ни к кому.

* * *

Замёрзла и пальцы грею,
ночую в чужом дому,
кладу их на батарею,
чужое тепло краду.

Зола фонарей чужая
стреляет вверх угольком,
шутиха взлетела с краю
над правым моим виском.

Знакомое нам с рожденья
тоскливое чувство, что
там – вечное отраженье,
а здесь – непонятно кто.

Нам чуждое лишь знакомо
до странной стрельбы в висках,
как поле аэродрома
в пустых для дали очках.

* * *

Этот вечер тихий, золотой,
тихий и какой-то беззащитный,
как такой подарок неземной,
виноградной вязью перевитый.
На четыре стороны открыт
кругозор от низенькой парадной,
и мотается так просто нить
от рассыпанного винограда.
И стоит в шестнадцатом году
то же самое простое солнце,
что светило в маленьком саду
в Назарете на дворе каком-то.

* * *

На раковине – бритва безопасная,
в окне шлагбаум руку перегнул,
он жил там меж зелёными лабазами,
косил газон, ходил на перекур.
Приехали его интервьюировать
на газике в плохой микрорайон,
«вот здесь я посадил живую жимолость»,
в газете – что «природу любит он».
Жаль, только поезда и слышат вечное,
на юг, на север целый день летя,
а люди слышат лишь слова диспетчера
или постановления вождя.
Под них они проходят с чемоданами
сквозь жимолости шаткие кусты,
сквозь станцию транзитную и странную.
Счастливого вам, милые, пути.

Из прачечной

Меж книжек поэтических на взгляд
нет больше незаполненных пустот,
здесь все они стоят за рядом ряд,
как уходили в ночь – за взводом взвод.
Зелёные мундиры их в пыли,
пришёл покой издёрганным чертам,
молчи, скрывай и ото всех таи,
как тускло здесь, как много света там.
Да, здесь, снаружи, лишь огни аптек
и серый дождь на тусклых проводах,
и ты идёшь мимо окошек век,
на отраженья смотришь грустно так.
И твой рюкзак набит сырым бельём
из прачечной-хуячечной, мой друг,
а Гумилёв читает напролом
«Перед воротами Эдема» вслух.

* * *

В пору солнечных каникул
неземные снятся сны,
много маленьких калигул
в сумерках одной страны.

Невозможным правят миром,
невозможною страной,
только мойте шею мылом,
будете и вы такой.

Будет и у вас в бойницах
миллион таких стрелков,
будет и у вас в темницах
миллион таких врагов.

Будет царская охота
и такой кровавый сок,
поздним вечером с работы
возвратится паренёк.

* * *

До сотворения Америки,
ещё до круглости земли,
эрцгерцога в саду и Герники
мне гуще кофе завари.
На ёлке дождичек серебряный
и отоплением затепленный
из раструба бежит дымок,
блестит снежок, летит ездок.
Над всем такое солнце тусклое,
над всею плоскою землёй
плывет прозрачною медузкою
с холодностью подчёркнутой.

* * *

Я люблю простое имя
лёгкое твое,
потому что в нём, как в дыме,
всё и ничего.

И бессмысленное время
так с тобой течёт,
будто в солнечном сплетенье
паучок плетёт.

И, покуда вечность длится,
мне желаний верх,
чтобы пел мне голос чистый
про любовь и грех.

Без конца и без начала
пел бы, чуть дрожа,
чтобы в небо улетала
глупая душа.

* * *

Возвращаясь из Дома печати,
я свои забывала печали,
проходила сквозь арку Победы,
оставляла ненужные беды.

Был там парк возле старой усадьбы,
в нём густели столетние кроны,
приезжали весёлые свадьбы,
перед церковью били поклоны.

Поднимали стакан ветераны,
в пиджаках пожилые мужчины
и на скрипке играли цыгане
посредине застоя, режима.

Именины большие для сердца
этот парк на краю небосвода,
скрипка, пой, раскружися, невеста,
померещься, пустая свобода.

* * *

Над селеньем Мелихово в тиши
деревянная церковь стоит,
камыши, как простые карандаши,
предсказуемый русский вид.

Только девушка-гид неуместна в нём
на своих каблуках,
со своим чернильным блокнотиком
в очень белых руках.

Начинается вечер, крепчает слух,
ведь до неба недалеко,
и стоишь как без ног, как без рук
над селеньем Мелихово.

* * *

Берёза проколола уши,
стоит в платочке,
блеск чёрно-белых полукружий,
колечки, точки.
С какого севера, подруга,
от всех в секрете
явилась в дальнюю округу
такою леди.
Из тех, что на блошином рынке
парчу примерит,
затянет молнию на спинке,
как жизнь изменит.

* * *

Вор украл мой любимый велосипед,
мне оставил лишь голую цепь,
был он красным, звоночком звонил в белый свет,
я возила на нём соль и хлеб.

У него был багажник на ржавом боку,
я возила еду и питьё,
человечью свою мировую тоску,
пусть теперь он катает её.

* * *

Большие люди, слоны, киты,
меня не любили на все лады
за праздность и несерьёзность,
за типа неопределённость.
И мелюзга не любила меня,
я вечно лепила из мухи слона
из снега, из грязи, из стужи
и из вещичек похуже.

* * *

Вечер напишет сангиной
чёрного неба кусок,
это рябин именины
это ноябрь недалёк.
Как поплывёт вдоль канала
первый холодный закат,
так бы глядела устало
вдаль на рябиновый сад.
Наше житьё человечье,
как ты отдельно от нас
смотришь иначе на вещи
в этот магический час.

* * *

Вот уходит любовь,
всё уносит с собой,
вдоль пустынных дворов
не окликнешь «постой».
Вдоль дворов голубых
с красной розой ветров,
всё деля на двоих,
кроме этих шагов.
Тёмной улицей вниз
обрывается наст,
так, кончается жизнь,
если нету в ней нас.
Где сквозь синюю ночь
по дороге прямой
мчится скорая – в точь
белый ангел с трубой.

* * *

Всё прощу до последнего крика,
провожу тебя на самолёт,
ничего, что друзья чешут лыко,
говорят, что и это пройдёт.
В лёгкой жизни любому на зависть
я счастливую книгу создам,
пропою, как последний акафист,
тёмный вечер и поздний «агдам».
Много чуши уже не морозим,
пишем правду, лишь правду одну,
а всю ложь оставляем на осень
и на белую зиму – вину.

* * *

Оттенки смородины белой и красной,
и чёрной, и жёлто-прозрачной на свет,
и гуси, летящие длинною связкой,
и тысячи, тысячи, тысячи лет...

Неужто бессмысленны эти сиянья,
неужто бессмысленна эта страна
на самом далёком краю мирозданья,
что поздней грозой озарила до дна.

Бессмысленно ярко на пару мгновений,
в которые тянется к ягодам кисть,
кувшин очень чётко мерцает в передней
и дальние окна за речкой зажглись.

* * *

От ветра скрипит калитка
на голом, пустом дворе,
и красная там кровинка
подвешена в ноябре.

И розовая поганка
стоит в молодом соку,
недвижная, как заставка
в окошке по видаку.

Сквозь двадцать пять лет разлуки
листву на задворках жгут,
никак не доходят руки
спокойно нажать на пульт.

Жизнь себе

На тёплой траве лесопарка
лежу в облаках без конца,
ведь лучшего нету подарка,
чем летнее небо в глаза.
Наш дом однотипный, кирпичный
с другими домами в ряду
сгибается, как эластичный,
и туча плывёт на плоту.
И к ней по паркету навстречу
идёт уважаемый шкаф,
качаются вешалок плечи,
мелькает пиджачный рукав.
И жизни семейное фото,
прекраснейшей жизни себе
вовсю оживает сквозь годы,
отец там сидит на софе.
И в старой гостиной мне видно,
как смотрит на улицу он,
крутя бесконечно пластинку,
и всё не берёт телефон.

* * *

Эпоха стороной проходит,
от Макса сумочку несёт,
плечами белыми поводит,
кусает ярко-красный рот.

В туманной юности с урока
сбегала с мальчиком в кино,
рыдала над стихами Блока,
теперь ей это всё равно.

Видала она много зарев
и много дыма без огня,
проехали, как там сказали б,
ей надоела болтовня.

В витрине в облаке из дыма
рассматривает шарф, пиджак,
друг, мы с тобой неотразимы
в её распахнутых глазах.

Встреча в Иерусалиме

Если сядем за столик вдвоём
в марокканском кафе под брезентом,
будем пить только пиво со льдом,
как положено вечным студентам.

Как положено в этом краю,
снова пеплом посыпем пластмассу.
Я по мрачным глазам узнаю
пассажира четвёртого класса.

Жёлтый лист, как горчичник к спине
прилепился. Откуда, однако,
эта странная горечь на дне,
этот привкус пустынного мака?

Мелкой медью звенящий карман,
знаю, память запишет на плёнку.
Выпадает в осадок туман
и бросаются тени вдогонку

за тобой и за мною. Пора,
закрывают, грохочут посудой.
Так вот не отрывая пера,
опишу этот день и забуду.

Новогодний романс

В дым, в пух новоанглийская столица
рядится на земле под Новый Год,
разбавленные полбутылки виски
бродяга из пакета пьёт.

Разбавлен ложкой меда чёрный дёготь
декабрьской ночи городской
и тащится по улице автобус
с тобой, тобой.

В радиоволнах музыка, качаясь,
не учит жить,
по тротуарам ледяной стеклярус
стучит, стучит.

Качаются ночные остановки
средь жёлтых лент,
цветочница стоит на перекрёстке
из бывших лет.

У лимузина в ночь стоит невеста,
упали с розы лепестки на грудь,
блуждает по прохожим взгляд нерезкий,
уже беременна чуть-чуть.

И виден отсвет замыслов всевышних
в снежинках у лица,
и всем небесная контора пишет
о счастье без конца.

* * *

У подъезда такси просигналит
на холодном проспекте, где львы,
где в осеннюю хрупкую наледь
запечатан гербарий листвы.

И поедет машина вдоль сада,
вдоль решётчатой тени оград,
вдоль прогулочного променада
с непременною ротой солдат.

В голом зеркале заднего плана
фонарей золотая строка,
канцелярий, контор панорама,
голубая, родная река.

Много пива под шапкою пены,
залпом выпито возле дверей,
ночью бил сильный ключ Иппокрены
и поэтам трещал соловей.

И напел, натрещал, дорогие,
бесконечный полёт вдоль земли
за волнистые и кучевые
и далёкую встречу вдали.

* * *

Не доходя до разъездного знака
за угол резко сверни,
видишь, двора золотая изнанка,
школа, две клумбы, огни.

На баскетбольной намокшей площадке
рыжий резиновый мяч,
лбом приложись к проржавевшей оградке,
он понапрасну горяч.

Где-то в уме это самое слово,
словно иголка в стогу,
там, где стоит человек незнакомый
на первозданном снегу.

И хоть воистину место нелепо
для прорывания чувств,
вдруг небесами зовет это небо
и ерундой эту грусть.

Старая плёнка

На бобинах крутился подклеенный Галич,
туристический шлягер был прочно забыт,
ты готов к пониманию мира, товарищ,
новостроечный житель родных пирамид?

Дверь обратно захлопнуло резким ударом,
но коль в старенькой «Ноте» сомкнуть провода,
вновь по шпалам, по шпалам, по родины шпалам
уплываешь на чёрных бобинах туда.

Через лес, от которого сильно коробит,
на кудыкину гору, а после с горы,
где отец по квадратному дворику бродит,
в зимних Кодрах стучат топоры, топоры.

* * *

У дома в скошенной качалке
сидит старик под бледным солнцем,
возле него стоят две палки,
не подходи к нему с вопросом.

Есть ли для жизни твёрдый стимул
иль всюду мрак на свете зыбком?
Он все лекарства утром принял,
он задал корм домашним рыбкам.

А что такое? Что такое?
Ему смешно твоё участье,
войдёт он в царствие иное,
возьмёт аквариум в то царство.

Он постучит в стекло, допустим,
примчится стайка полосатых…
Неужто там их не пропустят?
Неужто взять не разрешат их?

* * *

«Они ныряют над могилами»
Г. Иванов

Мне тоже видится в горячке
моя далёкая страна,
там балерина в бледной пачке
летит над сценой дотемна.

Она вчера в такой же позе
летала в сахарном Кремле,
юна, бела, простоволоса,
вся – пудрою на миндале.

И вот под звуки фортепьяно
бьёт ножку ножкою легко,
и мальчики в погонах явно
в большом восторге от неё.

* * *

Ты толкуй, толкуй, много языков
но всего толковей родной словарь,
ставили, поди, много утюгов,
оставляла след на обложке сталь.
Но ожог стерпев на своём горбу,
облепихой прошлое облепил
и иглой-травой завязал по шву,
как водою руки умыл, умыл.
И молчит он, если чекистский жлоб
заливает кровушкой без краёв,
потому что клоп, потому что ёб
твою мать, волнуется Хлестаков.

* * *

Часом раньше, часом позже все умрём,
тосковать о том не буду. Что о том
тосковать, что я однажды из живой
стану мёртвой, а, вернее – никакой.

Никакие пред собою облака
я увижу – ни к просвету, ни к дождю,
эта штука и со мной наверняка
приключится, уж хочу иль не хочу.

И всё будет в облаках, что и внизу –
службы, праздники, весёлый городок,
в облаках опять собаку заведу,
там ошейник никогда не будет строг.

Гроза

В ночном саду, где ливень нас застукал,
мы прячемся в беседке от раската
ночного грома. Дай мне, слышишь, руку,
когда ударит над дорожкой сада.

Вдруг молния расцветит куст жасмина,
как освещала только в раннем детстве,
и станет на все части ночи видно,
как близко от людей сырая бездна.

Беззвёздна, холодна, однообразна,
однообразна, высока под купол,
дай руку мне на тёмное пространство
с улиткою, проползшею мой туфель.

Быть может, нам даны в напоминанье
тяжёлый гром и молнии на стыке,
чтоб в страхе говорили мы стихами
и ими укрывались, как улитки.

* * *

Карлица идёт по летней улице,
переходит белый переход,
каждый встречный тут слегка нахмурится,
набок себе голову свернёт.
Если рядом на дороге карлица
длинную отбрасывает тень,
по сравненью с этим фактом кажется
всё вообще такая дребедень.
С листьями, окурками обочина,
лица, как потресканный асфальт,
а её лицо иначе сморщено
чем у тех, которые глядят.
Славно быть смешными, несуразными,
чтобы весь твой вид с ума сводил,
и в конце анютиными глазками
нехотя взглянуть на этот мир.

* * *

Державинская ласточка в застрехе
не вьёт трудолюбивого гнезда,
не рубится с дождём на лесосеке,
не реет, где свисают провода.

По-над прудом, где комары огромны
и дождевой червяк в траве упруг,
державинская ласточка, хоть лопни,
в предгрозье не описывает круг.

Остановилось время в лучшей оде,
и крылышко трёт крылышко легко,
и мы с тобой совсем одни в природе,
никто не понимает ничего.

* * *

Я грушу дожевала на ходу
у задней подворотни магазина,
где ветер гнал окурки и ботву
фигуре удаляющейся в спину.
Избранник безалаберной судьбы
отчалил, пополняя длинный список,
и даже урны не было, увы,
чтобы выбросить в неё сырой огрызок.
А до ближайшей – выжженный асфальт,
залитая горячим солнцем площадь
и в голове – базарных фурий гвалт,
с любовью вместе уходящий в прочерк.

* * *

За весёлым светлым маем
вытрем хлипкие носы,
вспоминаем, вспоминаем,
как мы были молодцы.

Вспоминаем лето в Нальчике,
как с утра оркестр играл,
были девочки мы, мальчики,
чёрт бы нас побрал.

Как росла в саду смородина,
боже, как она росла,
как она горела огненно
и перегорела вся.

* * *

Прекрасное должно быть чуть пустяшное:
сидит собака, держит кость во рту,
за улицею противоположною
недлинный день уходит в пустоту.

Вот нищий волочёт каталку с банками,
он высосал из горлышка портвейн,
и школьницы зелёными русалками
ныряют за оградою в бассейн.

Прекраснее всего, чтоб снегом с тополя
кренило недокрашенный забор,
чтобы из магазина двое топали
и наконец притопали во двор.

Упрямится завинченная пробочка,
течет в стакан холодное питьё,
каких навалом в лавке вино-водочной,
и тут по полной, солнышко моё.

* * *

Я презираю пышные мундиры,
флажки, цветочки, речи у могилы,
большие позументы напоказ,
зато я вспоминаю образ бритый,
передо мной ничем не знаменитый
Андрей Краснов стоит, прищурив глаз.

Он разудалым был и страшно гордым,
он мне весь год носил портфель в четвёртом,
он штуки-дрюки разные любил,
однажды намешал карбида смело
и прикрывал меня, когда горело,
спалив одёгу школьную до дыр.

Я также помню осень в леспромхозе,
пору глухую, первые морозы
барак унылый на краю лесном,
и, как бы мы зубами ни стучали,
он снова прикрывал меня ночами,
как будет прикрывать меня потом.

В наш век такой спокойный, кто поверит,
приходят дембеля и солнце светит,
а он убит, и тоже нет проблем,
засуньте глубже речи и стенанья,
душа его летит в аэроплане
и палец вам показывает всем.

* * *

Певичка под небом ночным
с эстрады поёт в микрофон,
и платье огарком свечным
белеет под фонарём.

В нечётком фонарном свету
с окурком в кровавых губах,
не чтоб осветить темноту,
а чтобы забыться впотьмах.

Кончается жизнь или день,
кончается страх и вина,
и думать по-прежнему лень,
зачем так прекрасна она.

* * *

В ночь уходят слоны по серванту,
очень тихо шагают они,
вдоль веранды с лозой виноградной,
не будя захрапевшей родни.

И шпион пробирается в двери
в засекреченный двор-палисад,
где пион и цепные качели
через время туда и назад.

Он пиону пароль перескажет,
на качели он сядет верхом
и слонам он рукою помашет,
если не пригрозит кулаком.

Он считает потухшие окна
и в которых горит огонёк,
всё зарубит на память, хоть сдохни,
всё расскажет, но скроет цветок.

* * *

Поздней дорогой иду,
в поздние плиты гляжусь,
переступаю черту,
медленный лапчатый гусь.

Переступаю с одной
лапы на лапу, черта
тех, кто ещё над плитой,
но уже знает места.

Переступи этот вздох,
переступи эту боль,
дождик лепечет. Дружок,
сам бы попробовал, что ль?

* * *

Это утро волокнисто,
похороны гармониста,
молодчину, пофигиста
провожаем в рай,
он играл по ресторанам,
улыбался взором странным,
был отважным капитаном,
музыка, играй.

Дождь на небе, хватит плакать,
пусть выносят гроб на паперть,
в синем славно плавать
через белый свет,
взвейтесь ленты парусами
и над синими глазами
напишите над дворами:
«смерти нет».

Потому что нету смерти,
полупьяные, как черти,
положили гроб на жерди,
притащили роз,
пухом будь земля единым,
мы стоим пред магазином
и рыдаем так, аж дымом
давимся от слёз.

* * *

Как густы развешенные тени,
как прозрачны золотые лица.
в Лейдене увидел небо гений
а в Антверпене успел напиться.

В Амстердаме в дом сходил публичный,
а потом пошёл к прекрасной даме,
нежно обнимал её руками,
юный лоб старательно набычив.

Вы, сказала, совесть позабыли,
мы, сказал он, силы тьмы попрали,
даром что в Антверпене кутили
среди голых баб и всякой швали.

И, когда он в городе болотном,
где мосты свисают, как браслеты,
проходил по уличным полотнам,
он не корчил из себя эстета.

И недаром так его любили
лодочники с пьяными глазами,
потому что золото от пыли
отличают в добром Амстердаме.

* * *

Обступает душу сосновый лес
в одиночестве многих дней
как пустого неба противовес,
рядом с ним темнота ясней.

Дорастает слух до холодных звёзд,
до которых недалеко,
и хозяину дорог желанный гость,
у которого ничего.

Лес, в котором Макар телят не пас
за далёким глухим селом,
родника голубичного глаз да глаз,
синий луг, покати шаром.

Там рвани ошейник воротника,
то и слышно «Трезор, Трезор...»,
соловья среди сонного тростника
перещёлкивающий затвор.

Приглашение на острова

Мы живём на голубых островах,
голубых, как паутинная нить,
наши холодны глаза, росомах,
и устроены леса сторожить.

За полоской, за грядой золотых,
за летящею вороной седой
сторожить леса в земле напрямик,
за пятою дни делить запятой.

Зря колдует заколдобина-речь,
ворожит, перетирая золу,
зря раздвоенный язык – имя, вещь
ищет в памяти, иголку в бору.

Затерялось имя, вещь на листе,
хотя было, вроде, не воробей,
да и сами мы живём в пустоте,
а в которой пустоте, хоть убей.

Мы живём на островах на заплыв,
вспоминаем без конца имя слов...
Удаляется зелёный массив,
в синий-синий превращается вновь.

* * *

Нам надо пережить самих себя,
своё унынье и безделье,
начнётся дождь и кончится, скользя
с небес на землю.

Ты подойдёшь к дрожащему окну
и сон засветишь,
и жизнь свою возьмёшь в ладонь одну
и обессмертишь.

Спасешь от смерти тяжкий мир отцов,
пропахший потом,
и матери в твоём лице лицо
в сорок четвёртом.

Так страшное через тебя пройдёт
насквозь, навылет.
И врач в спецлаге к деду подойдёт
и пулю вынет.

Тагильская элегия

Вы видали, как пьют огуречный лосьон
на огромном морозе в единый присест?
Сорок девять копеек зелёный флакон,
алкоголь уже есть и закусочка есть.

И когда выпивает его натощак
на холодном ветру в темноте человек,
он бутылку закручивает второпях
и стыдливо глядит из-под сморщенных век.

Человек молодой, но уже с сединой,
что там твой оттопыривает карман?
Можно память разбавить холодной водой,
но нельзя разделить её груз пополам.

Огуречный лосьон тёмной ночью горит
изумрудным огнем невозможных красот,
посмотри, как загадочно в горло скользит
огуречный лосьон это – полный улёт.

* * *

Николай, Степан, Василий – все нормальные,
а четвёртый Павел песни пел прощальные,
орал всё песни брат, как последний дебил,
уголь не рубил, бойлер не топил.

Первые три брата с миром жили в мире,
если что, на праздник транспарант носили,
а четвёртый брат косил, ничего не носил,
чем ужасно вокруг населенье бесил.

Пусть три старших брата будут нам здоровы,
будут нам здоровы братья Петровы,
а четвёртый придурок, пусть шмалит свой окурок,
пусть его поберёт кривой переулок.

В городе Тагиле, коль проездом будете,
если к тому времени память не загубите,
а зачем вам, впрочем, память загублять,
в городе Тагиле на ветру стоять?

Ну, а всё же, всё-таки, интересно всё же нам,
что стряслось с четвёртым, не рубившим, скошенным.
А, собственно, ничего. Ничего с ним вообще,
А вон он плывет в вышине, в тишине.

* * *

Над фанерной планкой со стамеской
тихо наклоняется отец,
ветер надувает занавеску
с рядом металлических колец.

На материи густою сетью
тянутся по небу облака,
всё уже спокойно в ясном свете,
навсегда, бессмертно, на века.

Там стоят два клёна в карауле,
зеленеет скатерти сукно,
средь гостиной дочь сидит на стуле,
смотрит в бесконечное окно.

Вспыхивает солнце в токах пыли,
совершенно летний, скучный вид,
папа, тихо спи в своей могиле,
занавеска прочь не улетит.

* * *

Элементарно, дважды два, в соседнем доме окна жёлты,
и – в путь, цитируй до конца, библиотекарская дочь!
Проплыл оранжевый трамвай с зелёною водой по борту,
чей номер стёрся навсегда, вместе с трамваем скрылся в ночь.

В сознанье стёрся вкус стекла и запах полуфабриката,
над левой бровью белый шрам от шайбы, сорванной с резьбы,
другой трамвай пришёл с утра, но и его свезла цитата,
прошёл химический снежок, элементарный FeO_3.

И ты идёшь на выдох-вдох с такой толпой до поворота
в такой подземный переход, где сроду заняты места.
Элементарно, дважды два, а, если что дойдёт сквозь годы,
то ведь пожнётся и оно серпом и молотом труда.

И между ними жизнь твоя, как перетёртая землица,
но перед тем, как в переплав попасть на полный оборот,
поёт железная труба, чтоб мне на месте провалиться.
Поёт, ржавея на ветру. Ей вреден чистый кислород.

* * *

Солнце, как уличный фокусник,
вынуло уличный градусник,
день самый лучший, из благостных,
снежный, в заторах автобусных.

В булочных с хлебом подсушенным
с булочником тихо вежливым,
нынче на службу не нужно нам
в этом снегу неразбуженном,
будто за нитку подвешенном.

* * *

Когда бы молодость всё знала
про этот гибельный запас,
весь день бы музыка играла
для вас, любимые, для вас.

Здесь с теми, с кем отрадно сходство,
растёт китайская стена,
и расставаться было б просто,
когда бы даль была ясна.

Когда бы тьма была короче,
когда бы среди темноты,
не падала звезда средь ночи,
не умирали бы цветы.

Когда б не то, когда б не это,
когда бы не стихи до слёз
на зимы многие и лета
для бормотания под нос.

Тогда-то пальцы вдруг лезгинкой
в гостях в скоплении большом,
не справившись с ножом и вилкой,
с дрожащей вилкой и ножом.

* * *

Бушует ветер на земле,
смерзается в грязи дорога,
температура на нуле,
ученики читают Блока.

В долине университет,
где, я профессор на полставки,
преподаю смешной предмет
с лицом заезжей иностранки.

На подоконник я сажусь
с лицом такого человека,
которому достался груз
всего Серебряного века.

Здесь мучаю учеников
произведеньями поэтов,
когда сгорали от стихов,
от чёрных пуль в стране Советов.

А мне достался блеск Дворца,
гуденье в гаснущем камине,
жизнь без начала и конца
и университет в долине.

* * *

В лабиринтах тоски полусумеречной
среди прочих бессмысленных глаз,
вдруг мелькает она в жизни будничной
где-то там на минуту, на час.

Перешагивай чёрные трещины,
в суеверья любые поверь,
где плафоны летают средь вечера,
красоту на минуту примерь.

Это та же она под плафонами
в увеличенном свете стоит
и глазами раскосо-зелёными
так глядит, что вдруг хочется жить.

Вероятность любви и сближения
будет невероятно мала,
но поверь на минуту, поверь в неё
лишь за то, что была, не была.

Библиотека

В комнату чёрную, пыльную, дольнюю,
в тайную библиотеку подпольную
тайно возьмёт дуропляску с собой
женщина в тихо шуршащей болонии
школьных каникул весенней порой.

Мы в знаменателе мира, в обители,
в воли-неволи земном ускорителе,
скажет, как будто отрубит с плеча.
И побреду я в пылающем свитере,
Дант малолетний, шаги волоча.

И мы пройдём переходами тёмными
между знакомыми и незаконными,
между колоннами, тьмой монограмм,
где они с сорванными погонами
тянутся, движутся по номерам.

Где они с сорванными обложками
без офицерских своих эполет,
списки черны и фамилии нет,
кружат над ними чекистские коршуны.
Вас за какой, извиняюсь, сюжет?

Нас – за сюжет черноты и зияния,
за раздувание адской печи,
за Аонид ледяные рыдания,
арфы Эоловой переливание
и от весёлого рая ключи.

Буквенной вязью, что золотом пишется,
розой, обвившей пылающий крест,
побеждены немота и бессмыслица,
движется ижица, мчится кириллица,
Лондон иль стылый парижский подъезд.

В библиотеке с сырой штукатуркою
на восемнадцатом жизни году
заворожи меня, музыка гулкая,
в воду макай, опускай в темноту,
не обещай ничего за разлукою,
и я как миленькая пойду.

* * *

Мне нравится тусклая звёздочка,
мне нравится ветер сырой,
мне нравится беглая лодочка
над синей прилежной волной.

Мне нравится сильное, быстрое
теченье холодной воды –
всё то, что подальше от истины
и ближе к бессмысленности.

И что мне особенно нравится:
с уходом к другим берегам
всё точно таким и останется,
ты можешь проверить и сам.

***

Я надеваю майку, брюки,
сажусь на жесткую кровать,
охотно б умерла от скуки,
но каждый день живу опять.

Терплю, как все, земную тяжесть,
скриплю пружинами, как все,
в окне на дерево таращусь
с кормушкой в сгрызенном овсе.

И ни в какие зимы эти
мне не бывало так легко,
и восемь лет прошло на свете
со дня ухода твоего.

Видишь

Видишь, одной строкой
белые облака,
медленно и легко,
прочно и на века.

Медленно, высоко,
будто в одну строку
набело всё легло
облаком к облаку.

* * *

На прощанье, слышишь, дай мне руку,
очень мне нужна твоя рука,
под руку ленивая прогулка
мимо сигаретного ларька.

Старый парк в пустом великолепье
затевает длинный разговор,
словно пар, туманятся деревья,
мается аллейный дискобол.

Сорок лет сгибает руку в локте,
в каменный упёршись пьедестал,
скучный правнук каменного гостя,
и устал, ужасно так устал.

Там кружит у кассы рой бумажек,
будто все билеты продались,
и припомнить хочет с двух затяжек
человек, куда девалась жизнь.

* * *

А всё равно, как дождь ни капай
с карниза в бочку под окном,
всё будет двор со снежной бабой
и уличным снеговиком.

И так же стороны четыре
сомкнуться в сумерках осин
в обыкновенном этом мире,
где вышибают клином клин.

Где люди сумрачной породы
все ждут какого-то Христа
и провожают пароходы
совсем не так, как поезда.

Поездка через ночной Нью-Йорк

памяти И.Б.

Когда грохочет ледяной горох,
сквозь дымную полоску, светлоок,
так долго он глядит на пятна света,
то ли принять на грудь сто пятьдесят,
то ль щёлкнуть пальцами: «официант»
и из питейного выходит места.

Машины огрубелый лед секут,
вдали реклама светится «Yogurt»
и на щелчок двух пальцев подлетают
с серебряными гребнями такси,
в чалме погонщик, в ночь его вези,
в йогурт и снег, с окна сбивая наледь.

Не пой, погонщик, по дороге в ночь
и радио в кабинке обесточь,
пусть лягут тишина и тьма тяжеле,
пусть молча он посмотрит из-под век,
имеет право каждый человек
быть лучше, чем он был на самом деле.

Погонщик-друг, езжай, езжай скорей,
в ад возвращается старик-Орфей,
спокойно озирает ночи пышность,
в еврейской голове его светло,
как будто в лабиринте есть окно,
как будто тьму продышит он, продышит.

* * *

Вот и мы, такие разумные: «Отключать надо их
от аппарата дыхания, потому что так жить неразумно».
Вот и я посетила больницу стариков овощных,
постояла в проходе, посмотрела на лица бездумно.

Приходящий старик у окошка сидел в уголке,
сам как тень, а жена, меньше тени, лежала в кровати,
тихо капала капельница, и старик, обернувшись ко мне,
сам себе проворчал: что вы тут, понимаете,
молодежь? Ведь она всю войну на заводе,
ей вообще было только пятнадцать... Всю, сука, войну.
Ведь таких уже больше не делают в нашем народе.
Он ей, знаете, Фета читал, хоть она ни гу-гу.

«Истрепалися сосен мохнатые ветви от бури»...
и т.д. и т.п. Так, по-памяти, всё до конца.
Тут чего говорить? Тут в почётном стоять карауле.
Капай, капельница. Капай, капельница́.

содержание

Катя Капович
Приглашение на острова

Издательство *Литтера*
ilya.bernshteyn@litterapublishing.com

Тираж 250 экземпляров,
из них первые 30 – нумерованные.

Экземпляр №